JN113765

歌集

ハイヌウェレの手

佐藤華保理

本阿弥書店

ハイヌウェレの手＊もくじ

Ⅰ

装幀　花山周子

歌集　ハイヌウェレの手

佐藤華保理

I

ロトの妻

ときどきに形をかえるものだから朝の団地は振り返らず出る

銀杏に白く汚れる道をゆくふわふわふわと今朝のサラリーマンたち

出勤の流れのなかにブレザーの肩やわらかき男が入りゆく

うす青の硝子の碗にわたくしを満たすに足らぬ冬の水がある

廊下の灯消す消さないで日を越えるフウセンカズラがやわらかく巻く

ソレハキミ気が付いた人がやらねばと父はビールを夫に注ぎおり

犬猫の仔でもないので「ください」の挨拶不要と言いしこの父

満月はすぐに欠けゆくさみどりのテーブルクロスの上の夕餉も

もの言わぬ眠りはよけれ　あたたかく乾いた口に犬歯を見せて

沼底はしずかに水を受けとめる水なるわたしは深く眠れる

紺ブレザーつくづく似合うおとこなり真直ぐにわれに歩いてくるのは

どこかしら朝とは違っているような夕ぐれふかい団地へ帰る

ふりかえれば塩になりたるロトの妻　こころざわめく夫帰るまで

旧制戸籍

生前は知らぬ人なりゆっくりと請求書に記す被相続人の名

コピー機をくぐりてぬくもる亡き人らばかりを載せて旧制戸籍は

*旧戸籍法における戸籍

相続を終えたる男が息をつく湯気の盛んな茶碗の向こうで

色彩の乏しい書類をひろげおり老客にむかう曇りの午後に

カーテンにうつりし影がいくつかの土地を売るとしずかに言いぬ

今朝早く卓上カレンダーを捨て辞表を出してそれきり来ぬ人

たちまちに書類置き場となりゆきて同僚Tの机はなくなる

残された社員はそれぞれ色のある自分の机に黙ってもどる

なりゆきで逃げそこねたる残業に窓に張り付く宵闇を見る

役員借入金（やくいんがり）返済などでは表せず「よしひろかやす（返す）」の鉛筆書きは

この頃は鉢植え枯らさず朝礼は目立たぬところにすまして並ぶ

信号のかわる間際にアクセルを踏む　人の心に踏み込む強さで

年輪

花のある人ではなかった呆けてのち鐘淵紡績（かねぼう）社員の記憶に生きつ

裁縫の師匠の鉄漿（かね）が怖かったと江戸を明治の子が笑いおり

「たのもぅ」と呼ばうと「どぉれ」と応える武家の内儀ありしと

新品の下着とタオルがごっそりとたんすにありて帷子もあり

使用中ランプが点りうつし世の祖母が消えゆく二度と帰らず

清潔なけむりの出ない火葬場　初夏の陽はさす百年のちも

暮れ時に家に帰るという祖母はいつまでも熱い手のひらをして

折々にむかしを語る祖母はおらずその九十九年をわたくしは負う

思い出を言うときわれの中にある年輪のごとき祖母の彦根弁

名はカネといいその母は栗という　今朝の厨はきりりと冷える

まだ昏い眼

胎内にヒトにならんという黒い影のところをじっと見ており

枝先に遠い三日月身にひそめ朝のラッシュに車を進める

残業の同僚を背に帰りゆくわたしだけではない影を曳き

ゆっくりと立ちあがるとき吉野家のカウンターの縁に閊える子宮

星のように、と腹腔の細かくて取れぬ腫瘍を主治医は言えり

切除した病巣を見る母の死の一部にしかすぎないものを

余命のこと言い出されてよりほろほろと崩れてゆきぬ父という男

父の背が透けてしまえり病棟の窓に中庭がふかく暮れゆく

「母さんが居なくなったら」と切り出しぬ　犬のような眼をして父は

長くなる一人の時間を恐れたる父と老いたる犬がよりそう

見上げればただ恐ろしい街路樹のすべてが芽吹き空を侵しゆくこと

とりきれぬ腫瘍のある母とつかのまを眠っておりぬ産み月の午後

イチハツも胎児も癌もとめどなく分裂しており弥生まひるま

これの世にでてきたばかりのみどりごが深い淵からわたくしを見る

いちにちに28グラム肥えゆく子わたしを飲んでわたしと眠り

身のうちの樹がさやぐなり三つめの乳頭があり乳がでること

喉ならし青くさきものを子は飲める薄明かりする森の底に

やわらかき口に入れたりつぶつぶとしらすの目玉がいっぱいの粥

「来年に引っ越す」と言えば速やかにママたちの輪がほどけて去りぬ

オークランドの空

キッチンの隅に置かれし炊飯器日本時間を刻んでおりぬ

頼りなく芽をふいている芝がありサンダーストームの去った明け方

細雪に赤いネオンが滲む夜を8ozのステーキに耽る

駐在妻おしゃべりしながら口にするコーヒー紅茶すべて暗色

コーヒーの香りは甘し口にするうわさ話はなおさら甘い

啄木鳥の木を叩く音高く澄みサマータイムは空より来たる

通せんぼかたくなにするリッシェルの後ろに赤くそびえるメープル

家々に杉のリースが掲げられ遠くゲルマンの冬を呼びたり

残る子も帰国する子もバルーンをオークランドの空へと放つ

もう誰の影も落ちない裏庭に投網のごとく春の日がさす

かぎばりの時間

休日の運河は静かくらげたち流されてきて流されて去る

応えなき話は続かず編み針を動かすのみの午後はきりなし

目覚めたらこんなに編めたと言おうとか思ったりして思ってみただけ

パイナップル編みの単位で計りたる余命は六つの途中に終わる

終焉の息の音を聞く西日差す部屋はすでに水底のごと

八月の空気は薄く薄くなりひたすら願う次の呼吸を

濡れているのか乾いているのか水中に魚の瞳はなみだを見せず

終わったのか終わったんだな何か間のぬけた感じの生きているわれら

まだ熱い体温がある母を拭く形式を重ね死者となさしむ

海苔あられビール買いおりこんなときも長女であるよ教わりしまま

助六を買いにゆきたるイズミヤはあまりにまぶしい生きてる人が

母に手を合わせるなどと通夜というおかしなことをさせられており

母さんのらっきょが終わった味噌もない日々たべられてゆく母さん

エレベーター昇っても昇ってもなお人界に着く余生ある父

祖母の形見で母の形見の裁縫箱はしばらく父とともに古びん

ウロボロス

深酒に鎮めていたるウロボロス鉄のうろこの振るう音して

網干(あぼし)行き快速は着く酢のごとき思い出のある街の真中に

ゆるやかに海へと下る地下街を人語は充ちて流れてゆけり

もはや手を曳かれたくない子に遅れ角を曲がれば雨っ気がする

南北を海側山側という街のわたしは常に海を指す針

むらさきのランプを灯しわたくしを雨夜へ かえす埠頭行きバス

元旦のコンテナ埠頭はだれもいない子供も犬もレゴで出来てる

なで肩の祖父の形の背広あり元町奈良山洋服店の

魚類

いさぎよく石鹼水を払う窓　魚類のごとき家族を納める

冬晴れの硝子を磨けばいよいよに家内の昏さが深くなりゆく

まちかどより早く暮れゆく家のなか瓦斯はあおくほそく燃えたる

大窓よりうちに入らんとナルニアの針葉樹の森抜け出してくる

玄関のドアを開けたら逃げてゆく猫のかたちに熱を残して

寂しいとはつゆも思わず朝ごとに一人鏡に映りたること

アイラインを引こうとのぞく鏡面の裏があるなら常にくらやみ

少女期にならんとする子が独り立つ鏡のなかは漲るばかり

ことごとに逆らっている原型の子よ瞳に樅の森を光らせ

夜更けて夫が帰りぬ　ダイニングテーブルにまで連れ帰る雨

ただいまと静かにいいて差し出せる弁当箱と長い一日と

ふかぶかと夜を吸いたるブレザーは青くにおえる一本の楡

ことばなく二人ですごす日曜に砂糖のようなほこりは光る

黒々と海苔を置きたる弁当をだまって手渡す月曜の朝

繰り返す動画のように職場へと鵜首橋を毎日わたる

曇りとも晴れともつかぬ窓際に鈍く生きおり昨日も今日も

饒舌

「おたより」や「給食表」なる饒舌を持ちて帰りぬ新学期なり

でこぼこに頭が並んで下校する男子はたいていい女子におこられ

教室に立ち話する母親らそのつま先はそれぞれに向く

駅へ行く足跡乱るるぬかるみにわたしの跡もこっそりつける

水染みを水染みをもてぼかしゆく春の気配はつかみがたくて

水中をなにかが動きまひるまの油のごとき水面をゆらす

ああ今日も叱り止めざる舌がある空にコークの蓋は飛び出し

大麦の穂は硬く熟れ暮れ時の空を掻きたりざらんざらんと

刈り草は袋に詰めて燃やすごみ殉死者ののどに詰められしみどり

冷たくも暖かくもない終い湯に長く浸かれば消えゆくごとし

日本地図世界地図に見おろされおごそかに閉づトイレの引戸

散ってゆく線香花火のやわらかな火花のように眠りに落ちる

くちる

西瓜熟れ　熟れ過ぎある時ごっそりと種を吐きたり身を震わせて

西瓜と見えていたものの内側を知らざるままに西瓜朽ちたり

わが夫の何とはなしに置くバナナ二本がおのおのの方へ向きたり

柔らかく崩れるバナナを真っすぐなナイフに手早く切り分けてゆく

つまってもあふれ出してもひとまずは呑まねばならぬ排水口は

うつくしきたまごをいれるうつくしく湯の湧きあがり崩れるところ

夏野菜ざんぶと水に沈めたり　先ずは音から海へと帰る

鳥語

抜け殻がいきいきとしてはつなつの洗濯かごにおさまりきらず

こまごまと叱る言葉のおおかたは鳥語であれば子にはとどかず

水風船をひろえばたわみやわらかに去年の夏の音を聞かせる

ふと口を噤む子を見れば夕ぐれを遠くなりゆく白いレガッタ

子と入る湯にはしずくが落ちてくる友達のこと教室のこと

リビングはしずかな夜空　すみっこに『宇宙の秘密』もほうってあって

子の眠る暗き辺りへかぎ針をつき出し糸をたぐれる幾度も

有袋類カンガルー目コアラ科のコアラのように居間にいる父子

宿題の日記にある日のわたくしは〈「まひる野」に行ってお酒を飲む〉ひと

夫と子と異なる風をもつらしい二つの音でドアベルがなる

マリアマグダレナ

深い沼がそれぞれ座る食堂に何か声がしてすぐにしずもる

かりそめの隣人である祖母と目はあわず話さぬままに一時すごす

ひきつって一声ごとに身を捩り祖母の笑いは苦しみに似る

マリアマグダレナつばをはき叩き蹴りどうにもならず晩年にして

癖っ毛の後頭部だけがなつかしくそっと触るが最後となりき

祖母のコートが纏いし振り香炉のけむりを今日はわたしも纏う

儀典書を指を舐めてはめくるさま見つつ追悼ミサは進みぬ

四兄弟それぞれに老いその母を見送るために並びていたり

洗礼名マリアマグダレナ　祖母を葬りてうつしよの幕屋はとじる

学校奉仕活動

日傘・帽子と手袋に覆われて集まる奉仕活動の母ら

メガホンであいさつをするわたくしも帽子で深く顔を隠せり

駆けていくあまたの子らの脚のよう　乱れた草をひたぶるに刈る

ひまわりの根元を刈ればどっしりと夏の真水が倒れてゆきぬ

日傘・帽子と手袋をとってもなお鎧う気がするランチ会にて

グループの一人が欠席したために端数のわたしはただようあぶく

よく動く目と手を持てる役員はおおらかに人を責めたりもする

バザー品にお酒があればいいのにと誰かが言えばにわかに色づく

会議後に引き止められている五人　いびつな円のかたちに立てる

円陣のたわむあたりがわたくしの立ち位置なればそこを動かず

校門に立つとうきびの一叢あり白くきいろく小さな歯を見せ

かれこれと知人が増えるこの街に糸のようなる薄日がさせり

トラ猫

庭に来てトラ猫の鳴く年月に病気にそがれ細き脚して

煮魚を攫いゆくとき黄緑にひかる目をする野良猫なりき

伏していてやがて横寝し立つ力なくなる猫の十日は長し

ふたたびを立つ力なき全身の骨という骨をただなでている

II

ハイヌウェレの手

パン生地がなめらかなひかり帯びるまで捏ねるハイヌウェレの手

雨が叩く音を背にしてキッチンの小さないすに発酵を待つ

わが捏ねしパンを食む子よ望むなら目玉もやろう肢もくわそう

ゆっくりと怒りの増すように焦げて行きたりちぎりあんパン

発酵をしすぎたパンの白い生地　ほどけてころげて娘のごとし

ゆっくりと力がこもりて焼きあがるパンを見ており青嵐の夜

包丁をいれるさんまの白き腹たましいのごとあぶらが光る

アンタレスがもう見えるころ　母指をもて魚の小さな心臓をとる

ちかちかと油のなじむ鉄なべのみなぎるときに星空はあり

もう二度と同じ水には帰らないワカサギ十余を油に落とす

鼻と口が夫に似る子が食べており真白きパンを油に光る魚を

背をのばし子がストロングサイダーの澄みたるを飲む部活を終えて

ぬっと出る子のすねも靴も存外に大きく電車のゆれにあらがう

うなずけばすなわちゆれる前髪が塩のように光を返す

シュレッダー

夕暮れのやかんに湯気のふき出でてジンジャーの花の咲きつぐごとし

冬の陽を受ける背中の内側に冬のひかりはいまだ届かず

あわただしく選られ試されその後は車中にしんと冷えゆくスーツ

午後三時ブラインドの影深くさし同僚のほおを刻んでいたり

ぺらぺらと事務所をあるく事務職のわれあるいは標的のひとつ

しぶしぶと朝となりゆく街角の裂け目のように黒い犬がおり

まひるまをリクルートスーツが訪ねきてポキリと慣れぬお辞儀をしたり

管理職でもなく管理部門にいるわれが訳しり顔にいれるコーヒー

積まれたる履歴書をシュレッダーにかけながら励ますシュレッダーを

半日を保育所にいるおさな子を引きわたしつつ出す請求書

クレームの電話の仔細を挟みおくデスクマットは空気を抱く

たいふう

とおい海の岩に座っていた子かも春の一日を歌ってすごす

眠らんと足をのばせり　隣の部屋でまだ歌っているむすめに向けて

人生の先端を見せながら子はしばしば言葉にわたくしを刺す

この夏に引退する子が重そうに両手に運ぶホルンのケース

ちろちろと風がこぼれているような　演奏前のくらい舞台に

ひととおり言いし子が去り明治屋の珈琲マシュマロひとりほおばる

ひややかな艶がでるまで練乳をこおりの中にいっしんに錬る

過干渉きもちわるいと子がいえばエアコンがふと唸りはじめる

台風の中継に見る街路樹のように怒りて娘は去れる

すうすうと寝ているむすめの上空を台風イーウィニャが過ぐ

ココヤシの若芽のように手を伸ばしひと夜を眠るむすめざかりが

台風の激しき夜にふと覚める原初の泥のひとしずくとして

稲光が細窓に射す幾度かを見ており泥のひとしずくとして

泥縄のしずくに人が生いしとぞ　遥かな末のわが深く寝る

おもそうに落ちゆくをみる髪の毛がゆうぐれが美容室のすみに

夏の夕の一隅をけずりとるようショートカットの子がたちあがる

くろぐろとひかりをあつめて子の髪がほうきの穂先をはみだしている

ねむり

ずっしりと夏を背負い夫は立つ作業服からネクタイを見せ

トランペットのA音だ　箱庭のような団地に雨がふりだす

縫い針を落とせばピーンと音がする　よるの底をふるわせている

いつ見ても夕方のような影がさす蔦を茂らせ鳴神ビルは

かえりきて手を洗う音のせわしさが君だ　眠りのきりぎしに聞く

待って待って石になったという犬のようだあなたの眠れぬ背中は

無添加の無農薬の無着色　髪を洗えば生臭きわれ

朝霧の中より人が湧き出でてまた消えてゆく発車ベル響き

なにとなく運河を見ておりタグボートが潮目を乱して行き交うところ

本当のところをいつ書くかだという夫の職場のメンタルチェック

睡眠がひとつずつ詰まっていたりイラガの繭のようなカプセル

親指がせわしく動き二錠分の睡眠時間がテーブルに出る

抑うつのあなたが碇で海としてわたしがあるとか　そんなわけない

四角い口

真夜中にぽかりと開くキッチンのあかりの中に水を飲みたり

浮き袋カマスの口をふさぎおり　夏のゆうぐれ息ふかからず

牛乳のパックがきれいに積まれおり四角い口で息はもうない

牛乳のパックをすすぐわたくしは遠い夜のおかあさんの背中をしたり

今日明日があいまいになるころ廻りだす食洗器洗濯機

空にかえる羽衣はなし　ウェス２枚に排水口の油をぬぐう

切り抜きを集める父のレシピ帳は前の方だけ母の字がある

叔母たちのなれそめを聞く子はおらずわれにとどめる小さき灯として

いつからか居間でなく座敷の方へ通される伯母の家は年経る

いつ来ても同じところにかけてあるカレンダーあり三平寿司の

掲示板

くもの巣にびっしり羽虫がとらわれる灯火の下を社員食堂（しゃしょく）へ急ぐ

工場の隅に誰かの横領・暴力を見せる掲示板あり

横領と解雇とあれど名はあらずただ「某」と示されるのみ

はいあがる一本の蔦の赤くなる　耳に血は来てゆるやかに打つ

横書きのゴシック体は壁のよう諭旨解雇された某を告げ

縦書きの明朝体の寄る辺なく訃報告知のかたちを悲しむ

Sさんという人がいたことを知る訃報告知のあざやかな黒

黒々と二重枠線のあったことわれにとどめて人の死がある

掲示板の雪はすっかり乾きおり解雇告知をわずかに反らせて

享年と名を知るばかり掲示期間が終われば跡形もなし

はいいろのシートをよじらせ風がふく遊休設備置場B区に

すれちがうレノアのにおいやさしかる夜勤の人が薄暮れを来る

掲示板Ⅱ

上半期優秀社員の写真ありひとりの目には痕がつき

目のところ傷つけられている人も優秀者はみな写真に笑う

掲示期間が終わらねば今朝も見る写真の顔をえぐりたる傷

あいさつを交わして自分の席につく誰もが職場用の顔して

七年後だれかがはずすクリップを機密書類と箱にしまえり

廃棄する書類よりとるクリップは食べ散らかした小骨のごとし

七年間書類をとめたクリップは死魚のように口を閉じない

袋よりこぼれ落ちたりいきいきとうろこのように光るクリップ

ホチキスの抜きたる針がからみあう羽虫のような泣き出すような

面接後「いい人そう」と言われおり　そうの部分にわたくしがいる

とおいおんな

その父によく似るひたい一面のにきびを今朝も気に病んでおり

ドライヤーの長き音止み「いってきます」とつぶやきて登校をする

はちみつでにきびは治らずと日曜の遅き朝に真顔にていう

目の形ことさら気にする子の撮りし証明写真はびっくり顔する

たっぷりの明るい水にただよえる人と比べてばかりの娘は

長風呂をしかればちょうど食べごろの湯気を放ってあがりくるなり

夜おそく風呂より上がりくる娘　いもうとよりも遠きおんなが

シャンプーの泡のながれて排水口へおちる間際に速度を増しぬ

四脚の椅子

秋に冷えいずれ家族の思い出のうつわとなるべし四脚の椅子

帰り来て椅子に掛けたるジャケットの肩が四角にうなだれている

たちあがりそのまま朝の卓を立つむすめの椅子をしずかにもどす

ひじかけが手に沿う形といちばんにあなたが選びし椅子の四脚

生前に義母(はは)が作りし冬瓜と豚の煮付けをたまには作る

義父(ちち)の作る時々とても塩辛いポテトサラダも定番となる

断っても義父が持たせる赤味噌のぬたを静かに夫が食べる

もう誰も作らずわたしが食べるだけ少し甘めのえび豆を煮る

「雨っ気がする」という祖母も花柄の褪せたる傘もどちらもあらず

「アマッケがする」とつぶやけばもう雨はすずかけ並木を渡ってくるよ

あたらしき居酒屋におり薬屋とプラモデル屋があったところの

飲みかけで捨てられし水のボトルはイルミネーションの光をまとう

落ち葉

寒月や犬を曳きつつ志望校変えてもいいかとだしぬけにいう

アスファルトに爪のかわいた音をさせ犬は夜風のむこうへ急ぐ

こがらしをつかみそこねたすずかけの葉がよじれるように道を転がる

駅までの抜け道があり朴の木の落ち葉がざざわざざわと埋める

四つ辻のまなかに風が吹きよせる枯れ葉のたまりに近寄り難し

積りたる落ち葉の深きところまで嗅ぐ犬の背を守るように立つ

団栗がぽちりと落ちる音がする林の横は静かに歩く

こがらしがどうと丘をかけあがる寒戸（さむと）の婆がくるような夜

四つ辻の枯れ葉を散らして風がふく　婆んばの裾がつれてくる風

まっくらな木立ちの奥からだしぬけに笑い声していぬの毛を立たす

四・五人の女男が暗がりから出でて高校生となり駅へ向かえり

連れ立って人が横切る芝生にはシバフタケらのコロニーがある

きのこの円環(わ)が芝生に現れけん・けん・ぱの形で誘う夜の公園

塚築く神はおわさず高架橋工事現場のしずかなる宵

鳥　葬

ショッピングモールが聳えその向こう小さく見える木曽の山稜

駐車場を最上階までのぼりゆく赤い鳥居をいくどか見つつ

お社は見えずちいさな森だけが冬の宅地に浮かんでおりぬ

屋上に空を見ておりあの雲がほどけるまではだまっていよう

遠き世の鳥葬のなごり　子の側の肋間がぎりぎり痛む

母さんはわかってないと嘴がするどく肋骨の間をえぐる

わからないわけではないのだ　ひととおり反抗をした失敗もした

はし太の地鳴きばかりを聞いている二人屋上駐車場にいて

ミニパンとちいさめマスクを手に入れて子は塾のエスケープ終える

冷蔵庫に冷えたる赤い「R－1」超えねばならない日の数だけある

はる浅し五体投地のかっこうで寝る子に夜は重たきものか

季節限定いちご味のクッキーとチョコレートも買う　春はすぐそこ

はぐるま

ひとひらの歯車なるべしセーラーの襟はならびて壇上を見る

子が落とす5ミリのサラサがこの夜ふけ床をたたけり冷えた音して

一教科追試を受けし子が落とす夜の底ひへなにかの破片を

夜おそくシャワーを浴びる音のして子はひとり立つ夜の真中に

おおきくなってはぐるまになればよい　できればりっぱなよいはぐるまに

蟷螂（とうろう）が蟷螂を食べ春先はみどりあふれる子蟷螂がおり

さみどりの子蟷螂らのもつれあい　蜘蛛の食餌のおだやかな午後

いくまいも花びらをのせ深い沼のようにしずもる黒いボンネット

わたくしはちびてきて軽いはぐるま終業間際に伝票をうける

部活して課題予習してメッセージ送ってぎちぎち一日がまわる

お菓子のいえ

そうめんを手ばやくゆでる熱の子が寝がえりをする期末考査前

制服をぬぐ時にさえ唸りいるむすめはなにを削っているのか

おおかたは心配どおりに失敗すかばんを投げだし伏す子をみており

ヨーグルト・プリンを買いて食細き子の逃げ道をふさぎゆくなり

今日という日はないことにして食べる賞味期限の切れたるプリン

スクロールの途中で指が不用意に見知らぬ誰かに「いいね」を送る

ひとりさえ支えきれずにカントリーマアムバニラを絶やさずに買う

キットカットほうじ茶ラテを保健室のみんなで食べるとあわく笑えり

一粒で何センチメートル進むのか大粒ラムネを頼まれて買う

やさしい子が集まるという保健室　先輩がくれたガルボイチゴ味

子とわれの罪悪感はちがうものいきおい捨てるいちごポッキー

なんだってかなえてやろうグレーテル　お菓子の家は芯まであまい

娘がもう食べないというパイの実のファミリーパックを夫と食べる

回転とびら

一時間正社員への連絡をまじめな顔して聞いている仕事

会議用机を囲み透明な木が座りいてときおりゆれる

ロの字型会議机のまんなかにひかりがなだれ底もみえない

おおいなる四股とおもえりプレス機が日がな社屋をゆらしておりぬ

足音が外階段を登りゆく一歩一歩が風に消えゆく

散るときはあっさり散りし今年の桜は通用門にしばらく張り付く

ひとりずつ回転扉をでて帰る仕事の愚痴もそこで途切れて

ゲリラ雨とちかごろはいう夕立がうつむき走る首を打ちたり

重量をもちて降る雨　湯気の立つ地面のあわいに細く息づく

鬼雨のなか足摺るように進みたる帰宅の車の列に加わる

にんげんひとつ

職員の顔が平らになっている会社支給の青いマスクに

感染症対策というすばらしき段ボール板がオフィスを区切る

机ごとに仕切られ収められている電話・パソコン・にんげんひとつ

仕切り板に隠されている同僚の癖ある語尾の声を聞きおり

縦横にオフィスを区切る砂色の板に慣れたり入梅の頃

メモが貼れる落ち着くなどと近頃はオフィスの一部になる仕切り板

憑かれゆくごとく階段をのぼりゆき最上階の社食にいたる

食堂の白いアクリル板に向き冷やし中華はひとりで食べる

そがれゆく春

欠科数の増えてゆきたる学期末　ゆるしのように臨時休校あり

こんこんと子はねむりたる教室より解放されて波濤をだきて

昼すぎに起き出してくる子の気配はりはりと春の塵をふむような

学校に行かなくてよい　まず鍋に湯がわき泡の立つのを待てり

食卓に会社ＰＣの画面があるという不可思議が今日も現れ

薄く薄く春の一日がそがれゆく桜がいつのまにか散りたり

きれぎれになるミーティングは同僚のいつもの声を想像して聞く

だしぬけに誰かの子どもが泣くアイコンが並ぶ画面の向こう

立ちあがるたびに尾をふりついて来る在宅勤務初日の犬は

あきらめの早き犬なり二日目は目に人を追う床に顎つけ

いつもなら使うことなき顔文字で業務連絡のチャットを閉じる

椋鳥のざわめく音を背景にどこへもゆかぬわたくしがいる

十六歳が

いま猛る十六歳をとおき日の十六歳がなだめておりしが

ふと触れる細きむすめの指先にどこかがざわめく「食べさせなければ」

食餌とはのろいのごとしたっぷりと時間をかけて大根を煮る

階段があればかならず登りゆく犬の脚の裏のやわらかき白

クロマツの無数の針が落ちてゆく林の中に雨の降るごと

ひとの息に乱れることなく落ちる葉が落葉の上に降る音がする

影よりもさきに走ってゆく犬のまき尾の白は少し遅れて

格別なフルーツサンドがあるという長き行列が果てるところに

鳴神のおどろなるとき紺の靴の暗い履き口に右足を入れる

雨上がりましろき午後の店内にましろき木綿のワンピースがある

フリル付きの大きな衿がまた流行りむすめが手にする同じ目をして

いつでもわたしのさきをゆく　スニーカーの白くて厚い底を見せつつ

ホットチョコレートをゆっくり飲みおればナッツが残る　ことばのように

六花

涙ぐみやすきむすめや　ほんとうは歯車ではなく六花であった

時折にぽつりと言いぬ雪片の枝のようなる未来をあわく

吐く息でとかさぬように雪片のようなるむすめの言葉を聞けり

地下街を抜けたら響く足音で向かう新しい学校までを

手水にて清めることなくアルコール除菌のポンプをひといきに押す

しずしずと額を寄せれば体温を測る機械が入場を許す

ようやくに話し始める甘き香のクレープ屋の前を通り過ぎたら

くびながきモディリアーニの絵のような影を追いつつ帰りをいそぐ

夜の雲が高いところを流れおり　届かぬものには手を出さぬ主義

シーシュポス

いましがた離れた黒いオフィスチェアの人間のような丸き背を見る

わたくしが事務椅子のようなもののなのかデスクに二本の腕を伸ばして

つぎつぎとウィンドウを開け議事録を遡るほんの二十年分

500倍でブルーブラックの濃淡をしばらく見ており部長のサインを

ひたぶるに日づけを訂正する仕事　臼歯のようなテンキーを打つ

ふと呼ばれモニターから目を離すとき水のようなる張力はあり

軋りつつものを言うわれ　そのわれを一日抱いて疲れている椅子

通勤のエレベーターに昇りゆくシーシュポスは負う岩の一片

冠雪の恵那山を望む十階の社員食堂にきしめんをする

退勤のわれを迎えて開きたるエレベーターの明るい胎内

社屋より排出されて谷底のような暗がりにさえざえと立つ

どこからの金木犀か知らぬまま香る季節がすぎてしまえり

エェもちろんお売りしますよ　わたくしの詩を読む時間を二時間ばかり

しらじらと月が昇れる写真映えするほどでないいつもの月が

Ⅲ

こんにゃくスポンジ

おしなべてわからぬものはありがたく蒟蒻スポンジで額を洗う

北大路堀川ハレルヤ理容室にしずしずと陽は侵しゆくなり

暮れ時のビルどもがみな積み立てた砂糖でないと誰が証そう

宇宙塵をくったのだろう夜明け前ざりざりとして水を欲する

自転車のかごのチラシを捨てるときわたしはもっとも地面に近い

ねじれては形をなすもの　マカロニとＤＮＡと人との握手

「ＪＲ海」の貨物車はどこへでも行く風をして熱田駅におり

白身黄身わかれているを嬉しみて土曜の昼にぽくぽくと食む

冬の陽の高々とある坂の上に目標のごとくポストは立てり

心なきものの軽さよ板ガムの銀のつつみの線路へ舞い落ちる

しろじろとつめたい灯りともしつつ夏の電車は遠くよりくる

いくつもの手形がドアに残されて朝より人に囲まれている

いらだちが言葉になるまで歩きしが角の地蔵堂に来て終わる

あたたかい朝には霧笛ならされる見えざれどある海というもの

古代魚展

水中のようなホールの片隅にサメの嬰児はなまなまとあり

やわらかき科学と思う想像図始祖魚の顔はヒトに似ている

片面を知るばかりなるサンヨウチュウ　整然として足は並べる

たんねんにパネルを見れば君とわれカンブリア紀ほど隔たっている

シルル紀の図を黙して見るわれら卵のような各個をもてる

死骸あるいは模型ばかり　展示室には不規則な靴音が響く

アンモナイト、オウム貝まで来る樹形　一億年を孤独は流れる

「海の広場」に海はなく夏の陽と自動販売機が立つばかり

あとがき

この歌集はⅠ・Ⅱ部を中心として、二〇〇〇年前後から二〇一九年までの作品を収めました。作歌を始めた初期の歌をⅢ部に少し残しました。
短歌との出会いは愛知淑徳短期大学での島田修三先生の創作の講義です。その後お昼休みの時間の研究会にも行きました。
もやもやとした言葉にならない何かが、定型の力を借りて形になっていくのは面白いものでした。「日常の異化」が歌になると教わりました。当時、目の前にある世の中のものの多くが私には「異」であり、意識しなくても詩として立ち現われ、歌になって行きました。
短期大学を卒業して「まひる野」に入り、編入学のため下宿した先で「京大短歌会」に参加しました。始めて他結社の歌人にお目にかかり、自分の知識のなさに愕然としながらも勉強した刺激的な楽しい時間でした。
学校を卒業して就職すると、社会人であることに精一杯になり、たちまち短歌に費やす時間を失いました。失っても生きて行けたし、休日は遊びに行くのに忙しかったのです。何か月も欠詠が続き、歌会にも行かず短歌から目を背けてしまいました。
結婚・子育てをし、祖母たちや母を見送り学校や地域に関わり、鈍感で逞しいおばさんになりました。けれどもある時「わたし」が希薄な事に気付き、母を亡くす前後にため込んだ感情の行き場がなくいたたまれなくなりました。よくある話です。そして私の手元には短歌しかありませんでした。ずうずうしく島田先生に手紙を書いて、また歌を出し始めました。
いま、私をとりまく世界は歌をくれません。容赦なく出社、家事、就寝の時間がやってきます。生活しかないので身の回り数メートルの範囲の歌ばかりになりました。一方で女性・母親という存在の普遍性、物語性に惹かれました。
歌をくれてもくれなくても、世界は相変わらずわからないもの怖いもの。けれども知りたいもの面白いものです。生活の端々にある「異」なるものを受け取り咀嚼して、それを定型の枠の中に再構築する行為を延々と続けていくような気がします。
再開にあたって「歌は人生だよ」と島田先生に言われました。まだ実感できません。人生の締めくくりまでにはわかるのではないかと楽しみに続けたいと思います。
ブランク後にも「すごい久しぶり」と迎えてくれた名古屋支部、マチエールのメンバーの作品や活動、助言に励まされ、感謝しております。
また短歌に関わっていることで家族には負担をかけています。「今は佐藤華保理モードだ」とひとりにしてくれ、短歌仲間ともなった娘、黙って支えてくれている夫に感謝します。
最後に、良くわかっていない私にフォローいただいている本阿弥書店の松島さん、装幀の花山周子さんにお礼申し上げます。

二〇二三年一月

佐藤　華保理

著者略歴

佐藤華保理（さとう　かほり）

1972年生まれ　愛知県出身
1991年　愛知淑徳短期大学国文学科入学
1993年　立命館大学文学部哲学科三年次編入学
　　　　「まひる野会」「京大短歌会」入会
2013年　まひる野賞受賞
1998年より愛知県在住（2005－7年北米駐在）

まひる野叢書第三九八篇

歌集　ハイヌウェレの手

二〇二三年三月十五日　初版発行

著　者　佐藤華保理
〒四七〇—〇二〇三
愛知県みよし市三好丘旭二—四—六

発行者　奥田　洋子

発行所　本阿弥書店
東京都千代田区神田猿楽町二—一—八
三恵ビル　〒一〇一—〇〇六四
電話　〇三（三二九四）七〇六八

印刷・製本　三和印刷（株）

定　価　二八六〇円（本体二六〇〇円）⑩

ISBN978-4-7768-1630-0 C0092(3346)